若水《わかみづ》

句集

藤埜まさ志

FUJINO Masashi

東京四季出版

目次

装　幀
高林昭太

カバー写真
ALEAIMAGE

句集

若水

Ⅰ 大御歌

二〇一九年

初漁の端《はな》の金目鯛《きんめ》を綿津見へ
風花の昼の星より剝がれ来し

常若の暮し何時まで薺粥

松過ぎのけふも展げて暦売

耳搔棒ひさぐ暮しや初閻魔

汁粉屋の軒端へ降車初都電

歌会始召人狩行立ち上がる

呼子笛常に離さず阪神忌

阪神忌大御歌もて灯さるる
冬旱民草その根深うして

軒つらら朝の大気を梳る

寒明けの朝や鶏鳴滑らかに

白鳥の胸黄ばみけり薄氷期

雪解どき一文字顕るる山の墓

鍬に起ち陽にほろほろと春の土

段畑のパレット春の色溜めて

似顔絵師にひととき委ね梅祭

磐座の堂や残雪出羽の嶺々

雪間ほどの小さき駅に降り立てり

旅に遇ふ蕉像いくつ桜の芽

「甘藷先生」とのみの墓碑銘あたたかし
春風を入れて河原の青テント

窓拭のぬつと降りきてシクラメン

「象徴」のザイン・ゾルレン緑立つ

青き炎に珠なす硝子イースター

天平の瓦出土や麦熟るる

先へ先へと飛魚発つや航青し

斎王代も馬糞を掃くも若き夏

牛車に蹤く控への牛や懸葵

青葉雨青年裸像光らしむ

地下迷宮空中楼閣梅雨に入る

崩れんかの仁王に鎹《かすがひ》あをあらし

ふりみ降らずみ父の日の迷ひ人

刀捨て墾きし土地や桑熟るる

目高孵化無尽微塵の煌めける

夏蝶の指に抗ふ翅ぢから

初宮の嬰も潜れる茅の輪かな

舞殿や光まとひて梅雨の蝶

蟬穴を出づや明るき晩年へ

真清水や切り口素き竹柄杓

大壺へ向日葵どさと美大生

調停にミラーサングラスして現れぬ

ピエロの眼汗に滲んで野外劇

船上に鰭脱ぐ男夏の雲

しゃんしゃんと熊蟬東征皇居まで
高層が廃墟となる日蟬の殻

赤まんま除けて草食む羊かな

身幅ほどの路地にお地蔵涼新た

キャンパスに風の十字路秋立てり

鴉より西瓜三十守りきる

海見ゆる坂の一処葛の花

「磯鴫」と言ひ切る女カメラマン

父子して鰯日和へ竿を出す

渡良瀬いま鼻先競ひ鮭溯る

蔵町の蔵黝々と良夜かな

杜氏唄の蔵も更地や狗尾草

竹林の蓂莢に車座けふの月

神の座の嶺に仏の名のさやか

牛馬の碑が牧への標いわし雲

秋風や名前貰へぬ牡の仔牛

縄を綯ふ鉄の歯車柿紅葉

新所帯へ金貨と祝ぎて銀杏の実

鷹の爪真赤に研がれゲバラの忌

笛方のまなじりの紅豊の秋

文化祭人跳ね墨飛び「龍」の生る

車椅子より見上ぐる高さ秋の薔薇

津軽野に鷹の親しく林檎熟る

即位礼の夜

弥栄と新酒の封をひとり切る

戦なき御代であれかし星河澄む

傷へヨーチン被災家屋へ秋の雨

こぶ白鳥の糞《まり》はまみどり秋日濃し

秋高し古絵図のままに大公孫樹

大輪の骨《こつ》説く男菊花展

御師の宿席詰めあうてとろろ飯

カルメ焼ほろと崩れて秋祭

墨磨るやこころ通はぬ日の夜寒

水尾のごと落葉巻き上げ郵便車

教皇はいはば言霊冬の空

成田千空先生十三回忌

墓洗ひ句碑を拭ひて千空忌

生垣に潜む荊棘線冬館

白息の中の一声耀落とす

「雨ニモマケズ」は４Ｂの詩冬木立

柵越しに兎その身を寄せ合へる
白鳥のひかりの珠として寝まる

残る歯をしつかり磨き開戦日

初氷円く掲げて登校す

冬日入る満寿夫画室に陽子の絵

Ⅱ 薺粥

二〇二〇年

若水を硯の海へ分かちけり

九輪水煙耀ふ塔の淑気かな

冬芝へ模型飛行機弾み着く

獣とヒト骨格相似て寒の星

苛みし飢ゑも記憶や薺粥

木乃伊の布に目鼻の刺繡寒の星

オリオンの温き一星文夫の忌

野火守の火群の舌へ走りづめ

真青な麦の幼芽踏む呵責
野仏に異国のコインあたたかし

ゆきずりの人とうなづき初燕

舵と櫂持たぬ雛舟波の間に

敲かれて匂ひ立つ詩山椒の芽

喪主謝辞へ「泣くな」と一声あたたかし

水分や春の光陰滾ち立つ

たつき美し鋤簾震はせ蜆舟

浦のどか突如午報の大音声

天文ドームの瞼薄開き春の星

吾を残し齢《とし》が先行く四月馬鹿

山藤の今の盛りへ杣の鉈

運河通水百三十年の花筏

鶏なれば万羽の処分飛花落花

柱無き家に住み古り昭和の日

憲法日ちひろ童画に鋭き瞳

長屋門は農の城門麦を干す

坪農園の何処にも人五月来る

心字池の起筆の辺り子亀浮く

禁足は遠流のごとし花は葉に

風の来て浮巣の雛の零れけり

此岸彼岸の間は小流れ青螢

疫病あまた托され形代重きかな

父の忌の日延べ日延べやコロナ梅雨

真ん丸に山気切りとり夏祓

軍事葉書が叔父の絶筆夏銀河

濃き緑固き緑の七月来

蕉像涼し曳綱細く達磨船

十王に糺されゐしが昼寝覚

夏日燦籠りゐし吾を濯ぐかに

錨いま灼くるオブジェとなりて坐す

祭囃子裏から煽ぐ男衆

踊りの輪細くひしやげて郡上の夜

差し替へし脚より雫鷺さやか

山神や水も無きがに池心澄み

曼珠沙華の火群と熾り落城址

水舟に産毛立ちたる桃二つ

半ドンてふ充実の日よ鰯雲

熱気球の焔の舌や山粧ふ

デンデラ野に恃む助つ人豊の秋

艶やかな土偶の乳房今年米

縄文住居へ手指《しゅし》の消毒木の実打つ

信長の頭《かしら》定まり菊人形

星の夜や林檎落果の匂ひ立つ

祝渡辺香根夫氏『悲の器』

実玫瑰「千魂草才」と申すべく

黄落を連れ立ち尼と修道女

つややかに乾びてをりぬ烏瓜

卵塔の黒き林立冬紅葉

沢蟹の赤き落葉に紛れけり

鷹一羽枯蘆原を荘厳す

品川沖かつて鯨と黒船と

白菜の藁の鉢巻憂国忌

左回りに皇居の走者枯柳

百八つ撞かれし鐘の火照りかな

Ⅲ 早蕨

二〇二一年

若水や古墨の香り勢ひ立つ

輪飾や温き水吐くポンプ井戸

石庭の箒目にさす初日かな

天皇《すめらぎ》も民も倹《つま》しき雑煮食ぶ

初飛行了へたるヘリを水拭に

責め馬に満身の湯気冬雲雀

風花や醬の街の黒板塀

朝餉へと散らす青葱祓ふがに

一時に覚むる青眸いぬふぐり

春の水ごくと飲みませ文夫の忌

八岐に奔る火群や大野焼

春天や黒白展げこふのとり

早蕨や青陶片の散らばる辺

涅槃会や風に音立つ五色幕

木道の芹を褥に朽ちゆけり

薔薇の芽の真つ赤詩心覚まさねば

懸り凧尾つぽ一つが戦ぎをり

日輪に捧ぐるがごと鴻交尾ぶ

鞘堂の屋根をま白く飛花落花
黒土へまだ鮮やかな花菜鋤く

はらからに尻を押されて巣立鳥

トラックから花の街路へ走者たち

めん鶏一羽柵越えてゆく桜どき

昼酒に干鰈炙るが程の贅

燦然と巣組むや放鳥こふのとり

樟の葉に鳳凰触れて神輿発つ

時が磨り読めぬ碑文や青嵐

役終へし盲導犬の夏野かな

あめんぼの低き目線でカヌー漕ぐ

メガソーラーへ拓く蒼林梅雨寒し

蓮浮葉生まれて雨の水輪ほど

白雲を食みゐる夏至の日の麒麟

まづ雨にしたたか打たれ蓮浮葉

大寺の五連の竈青葉風

しろがねの川波に散る鮎師たち

梅雨茸の青白き叢乙女塚

畑の胡瓜ハモニカ齧りは誰の仕業

若き日を封ぜし文箱青胡桃

風入れや憲法前文ひさびさに

岩波文庫の黄ばむ背の★夕焼雲

青林檎割ればばば千空ほとばしる

仲良しの互みに齧る青林檎

灯を消しぬ天使魚とて眠らねば

登頂して鎮めの神にまづ詣づ

山小屋を抜け満天の星に寝る

大車輪の撓る鉄棒雲の峰

日盛りや髭の聖は缶集む

支へきし諸兄姉思ひ草田男忌

翼灼くオバマの鶴とエノラ・ゲイ

一抜けて亡者に替はる踊りの輪

閻魔こほろぎ額つややかに突き合はす

若き名の並ぶ慰霊碑草の花

誰かまた天に召さるる良夜かな

月の夜は汐のさしくる音に寝まる

黒猫の瞳見開く無月かな

懸崖菊巌に据ゑれば作り滝

競技菊ためつ眇めつ審査員

色変へぬ松や二十重に支へ棒

南無菩薩ぎんなん拾ひ許されよ

黄葉の中の常盤木翁の忌

文夫師は大足たりし朴落葉

万有引力林檎落葉の抗へる

露天湯の底や落葉の螺鈿光

褒められず貶されもせず冬の菊

今生を燃えて寂聴紅葉散る

再版なる

『証言・昭和の俳句』から弾む肉声千空忌

寒鰤の膚に透けたる耀の札

白鳥の羽搏てば帆掛つぎつぎと

登り窯は火を噴く鯨枯木立

餅搗やうかららやからを婆率ゐ

誰にも告げず梟の樹の在処《ありど》
水晶体替へてきりりと冬の月

卒塔婆を井桁に焚きて除夜の鐘

Ⅳ 地球壜

二〇二二年

比奈夫まね妻へ年玉包みけり

〈年玉を妻に包まうかと思ふ　後藤比奈夫〉の句あれば

獅子頭一座の昼餉壇に待つ

をちこちに楮煮る煙深雪晴

相《あひ》老《おい》の旅の自在や冬すみれ

みすゞの絶望久女の狂れ針供養

すつくりと起てり初陣恋の猫

人道回廊へ寄するイマジン春寒し

薬師堂は無人無施錠いぬふぐり

この街に肩寄せ合うて初燕

別々に仕舞うて男雛女雛かな

比翼塚へ対の貝殻つづみ草

かぎろひを来て夢違観世音

群青の沖へうみねこ巣立ち次ぐ

出航ぞ花の辛夷は帆を展げ

初宮の嬰の眉間へ花一片

夜の桜花の螢を放ちけり

燦燦と春灯なして大東京

恋孔雀揺すり音立てて羽展ず

春時雨目を瞬《しばた》きて老馬立つ

恋の鳰その鈴声を頻交はす

父十年忌

シベリアでの手作りスプーン星涼し

初鰹そのしろがねへ出刃を入る

卯波打つ磯の鳥居の見え隠れ

藁焼の匂ひも馳走初鰹

青海波の皿絵や飛魚は鰭展げ

夜の新樹我につれなき六本木

花椎の匂ひの傘に六地蔵

地球壜のばら売り煎餅五月雨るる

武家屋敷守るは老女立葵

古墳館

青葉木菟棺の長に金の沓

耳を闕く埴輪の馬や若葉騒

狩不首尾の守宮へ窓灯消さずおく

捨て壜の中や孑孑浮き沈み

ゆりのきの枝張り根張り大緑蔭

夏霧から放馬現るるや又一頭

陽の煮汁詰まる完熟トマトかな

トルソーとなりても菩薩星涼し

吹棹のビードロ真つ赤草田男忌

蓮の葉の裾捲りゆく餓鬼の風

烈日や特攻館を出て眩し

星雲といふべし烏瓜の花

ミストシャワー存分に浴び広島忌

とうに敗戦やつと終戦夏の雲

秋澄や金平糖に角《つの》いくつ

幹に残す樹医の処方や秋の蟬

踊子の背筋正しくうち揃ふ

線香花火玉落ち際の終の華

午夜過ぎて馬車は厨の南瓜へと

打つたびに施主告げ在の大花火

秋刀魚食ぶ中骨美しく外しけり

夜なべして明日発つ夫を整へる

その語りさやかや仏師のほとけ顔

古隅田へ尻を打ち打ち銀やんま

「原爆の図」にあまたの母子きりぎりす

古オルガンにバラードの古譜雁来紅

シャッター絵の賑はふばかり燕去ぬ

爽やかや番付順に幟立つ

敵味方一碑に祀り大き秋

炒りぎんなん薄く開ける翠の眸

山車総出大路止めたり秋祭

楸邨句碑は若人のなか小鳥来る

メモリアル・ベンチへ紅葉且つ散れり

烏瓜連なり灯す飢饉塚

日々記す仔豚の成長七五三

句も爛ももつと熱うに千空忌

帰去来《かへりなんいざ》ひひらぎ香《かざ》を放ち初む

園丁の箒は細身つはの花

発起人の名に並む「衛門」花八つ手

引退のサラブレッドへ冬の蝶

白鳥の湖風抱き着水す

村挙げて蓮掘り日和遠筑波

生者宛の改葬公告冬菫

秋葉火祭ごつんごろごろ餅撒かれ

人疎み歳の市なる人中に

V　遮光器土偶

二〇二三年

初日いま遮光器土偶の眸かな

産土の氏神遠ちに初詣

机辺清め「西行花伝」を読初に
詩の真実虚実なひまぜ鶯替に

なづな粥青き自分に戻らねば

兜太ばりや幼の書初墨太く

風の息獣の鼾山眠る

蘆焼のなか焚刑のごとき孤樹

潤ひの春星さはに文夫の忌

鍔短き騎手のメットや雲雀東風

ころころと野蒜の小玉良寛忌

路地の間に六三四の巨塔針供養

眠りゐし針を起こして針祭

官女以下箱に残して雛飾る

仕舞ふときまた別々に内裏雛

闇を火が更に深めてお水取

海女海へ投身のごと胸抱きて
丁寧に丁寧に生き山椒摺る

野遊の輪の真ん中に手風琴

朝市のバケツに婆の桃の花

瓶白鳥の腹にキラキラ春の尿

搾乳の乳房も斑うららけし

角成りの竜馬奔放春灯下

駐在所の駐在不在つばくらめ

石をもて繕ふ石段芽吹寺

池上本門寺

龍子の龍未完に褪せて暮の春

草田男にパスカル観ると高雲雀

渡辺香根夫『草田男深耕』

父在せば茶寿の祝や初燕

目の合へど巣作り燕たぢろがず

間合ひ詰め踊子草の総踊り

神輿揉む男の腕の金鎖

夕映えや中身透けゐる袋掛

垣採りの新茶一握賜りぬ

七ヵ国語のゴミ出し袋蜥蜴の子

黒土より新馬鈴薯ごろり白日へ

泰山木咲かせ久しく空き家なり

直立へのあくなき執念ねぢれ花

大緑蔭記念樹たること忘れられ

萬祝の裾に鯨や冷し酒

豌豆の莢は刳り舟玉の水夫

湖の水駆け出る水門夏燕

泣き相撲の汗の実況宮の杜

あとがき

『若水』は私の第四句集である。七十代後半から最近までの作品を収めた。

五年前に井戸を掘った。井戸といっても昔の井戸でなく簡易な打ち込み井。災害時の停電による断水に備えたもので、普段は庭木や菜園の散水に使っている。

あるとき、正月の「若水」に使えると気付いた。元日の早朝、人のいないのを確認した上で、門近くの手押ポンプを動かし井水を汲む。そして台所で待つ我家の女神である妻に、その若水をうやうやしく捧げる。妻はそれをもってお雑煮づくりにとりかかる。

八十路を元気に迎えられたのも、この若水の霊気が邪気を払ってくれているお陰かもと思い、句集名とした。

伊勢神宮は二十年ごとに社殿だけでなく調度品も全て新しくして、神様をお迎えする。式年遷宮である。常に若々しく瑞々しい「常若《とこわか》」を保つ。一定の間隔でもって句集を編むのと通じるものがあると思う。これまでの句を句集に封印し、神聖にして新鮮な句の降臨を待つ。常若を目指して。

既刊の句集『土塊』『火群』『木霊』に、今回新たに『若水』が加わり、五星のうち四星が揃った。最後の『金環』(仮称)に向かって再出発だ。未完に終わらせたくない。

今回の出版に際し、傘寿を越えた私を支えてくれている喜寿の妻、「群星」俳句会の六十名の星たち、横澤放川代表を中心とする「森の座」の素晴らしい仲間に感謝申し上げたい。

初心の私に俳句の手ほどきをいただき、最期に私に「群星」の後を託されたのは故奈良文夫師であるが、その奈良文夫師とともに「萬緑」の故成田千空師(五所川原)の師範代としてずっとご指導いただき、今は「森の座」代表としてあたたかくご指導をいただいているのが横澤放川師である。

また「俳句四季」の西井洋子社長に今回の出版を強くお勧めいただいた。

そして第二句集でお世話になった編集者の石井隆司氏にふたたびご指導いただくことになった。ありがたいことだ。

令和五年十二月

藤埜まさ志

著者略歴

藤埜まさ志（ふじの・まさし）　本名：雅孝（まささたか）

昭和 17 年　大阪市生まれ
平成 11 年　「萬緑」（中村草田男創刊）、「群星」（榑沼けい一創刊）入会
　　　　　　成田千空・奈良文夫・横澤放川に師事
平成 17 年　第 48 回「萬緑新人賞」受賞
平成 19 年　第一句集『土塊』（つちくれ）上梓
平成 23 年　第 58 回「萬緑賞」受賞
平成 26 年　第二句集『火群』（ほむら）上梓
平成 30 年　第三句集『木霊』（こだま）上梓
平成 30 年 2 月　奈良文夫亡き後、「群星」代表を継承
令和 5 年 7 月　「群星」共同代表（藤埜まさ志・森高幸）

現　在　　「群星」共同代表、「森の座」同人
　　　　　　公益社団法人俳人協会評議員、俳人協会千葉支部監査

住所　〒 270-0102 千葉県流山市こうのす台 1010-12

俳句四季
創刊40周年記念
Shiki Collection
40+1
2

句集 若水 わかみず

2024年 2月3日 第1刷発行

著 者 藤埜まさ志

発行者 西井洋子

発行所 株式会社東京四季出版
〒189-0013 東京都東村山市栄町2-22-28
電話 042-399-2180／FAX 042-399-2181
shikibook@tokyoshiki.co.jp
https://tokyoshiki.co.jp/

印刷・製本 株式会社シナノ

ISBN978-4-8129-1090-0